Die werte *Lady* lässt sich gern...

1

Monaka Morinaka

INHALT

19

Tut mir leid, dass ich dich bestrafen muss.

... also ist das leider nötig.

Aber ich weiß, dass du es besser kannst ...

Alles fühlt sich so heiß an ...

...

Schwitz

Du tust so viel für mich, obwohl du selbst gar nichts davon hast.

Ja ...

Poch Poch Poch

Natsuki ...

Ich glaube ...

... mit mir stimmt was nicht ...

Wie bitte?

Wie kann ich mich wieder abkühlen ...?

zitter

zitter

Wisch

... dass er ihn immer kühlt.

... liegt daran ...

STREICHEL

Okay.

Zum Glück habe ich bemerkt, dass ich nicht prinzipiell komisch bin.

Wenn dich jemand schlägt, musst du es mir sofort sagen.

Wenn andere mich schlagen, tut es einfach nur weh.

POCH

POCH

»Bestimmt wirst du einmal zu einer eleganten Lady.«

... wieder und wieder gesagt ...

»Du bist immer so vornehm, Momo!«

Deshalb habe ich es ...

... dass ich nicht einfach nur wie ein älterer Bruder für dich sein kann.

Entschuldige ...

Ah ...

Ah ...

Ah ...

SCHLECK

KÜSS

Nein, das ...

... will ich gar ...

ZUCK

SCHLECK

2.
KAPITEL

ZITTER

ZITTER

Hah ...

Ja ...

Ich übe ganz viel ...

... damit ich das gut hinkriege.

Ich hoffe, du kannst mir dabei helfen ...

Wie peinlich, dass ich so wenig weiß.

Hah ...

Klar!

Ich bereite alles vor!

Jetzt, wo Natsuki mich als seine Freundin akzeptiert hat ...

Aber wir müssen auch für die Uni lernen.

Er ist so unglaublich ...

He he ...

Natürlich.

... muss ich mir alle Mühe geben, um eine kluge Frau zu werden!

Und doch hilft er mir.

He he ...

Schließlich bin ich hier, weil ich dir Nachhilfe geben soll.

Ich bringe dir alles bei.

Süß,
wie naiv
sie ist.

Und dann
gerät sie
ausgerechnet
an mich, die
Arme ...

Wie
klingt
das?

Wenn du
Fehler machst,
werde ich dich
zur Strafe
fesseln.

Aber es
ist wichtig,
dass du
diese Stelle
hier hinbe-
kommst.

LÄCHEL

Du
machst
weniger
Fehler.

Momo
...

Okay
...

TRÄN

よぼ...

Jetzt,
wo ich weiß,
dass die Schlä-
ge für dich
keine Strafe
sind ...

... habe ich
mir etwas
anderes
einfallen
lassen.

Ach ja!

... gefesselt und dann bestraft.

Wer etwas Böses getan hat ...

... wird doch ...

M... Mit einem Seil?!

?!

Er will ...

... mich mit ...

... einem Seil fesseln?!

Zitter

?

?

O... Okay ...

Dann ist ja gut.

Ver- stehe ...

?

So wie früher die Leute bestraft wurden ...?

Das klingt echt fies.

Setz dich auf den Stuhl und halt still.

Dann fange ich mal an.

RÄ!

SCHRECK

Spann!!

Knock
コ〃

Knock
コ〃

Nein ...

... nein ...

Un-möglich!

Bibber
ガガガ

Bibber
ガガガ

Bibber
ガガガ

Schreck
Oッ

Nein ...

Alles gut ...!

Das kann ...

... doch nicht sein ...

Damit Natsuki nicht bald schon die Nase von mir voll hat ...

... muss ich mir jetzt die Regeln für Paare gut einprägen ...

... und für die Uni lernen!

Ähm ...

Wenn wir uns sehen ...

... gebe ich ihm einen Kuss!

Na gut, dann mal los ...

Aber ... wie komm ich da hoch?

...

Hallo, Momo.

Bestimmt bilde ich mir das nur ein.

Hallo, Natsuki!

Ist jetzt auch egal.

Klack

Irgendwie fühlen sich die Seile diesmal anders an.

Dieses Gefühl bilde ich mir nur ein ...

FLATTER

ZITTER

ZITTER

Ach ja ...

Das nennt man anscheinend die Schildkrötenpanzer-Fesselung!

Ähm ...

Natsuki?

ZITTER

Schild-kröt...

Halt kurz still.

Ich bin noch nicht fertig.

... meinen Beinen hindurch ...

Das Seil geht ...

...dies-mal zwi-schen ...

Hm ...?

Mal sehen...

Schreck

!!

ZUCK

nh...!!

Ah ...!

♥

DRÜCK

Nein ...

Das ist eine Strafe!

Die darf sich nicht gut anfüh-len.

... wenn er mir den Po versohlt ...

Dass es mich an-macht ...

Hah ...

Hah ...

Bis dann!

... hat er mir gerade so nachgesehen.

... wenn er herausfindet, dass es mir gefällt ...

Ich mag mir gar nicht ausmalen, was er von mir denkt ...

Es fühlt sich immer noch an, als wäre ich gefesselt.

Hah ...

Hah ...

Fsch

Wank

Wank

Wir sollten uns lieber trennen.

Lächel

Also, das ist mir zu pervers!

Was? Selbst das findest du schön? Kann doch nicht sein!

Wank

ZUCK

Ah ...

WANK

Ah ...♡

...

WANK

Ah ...

WANK

Was ... war das eben?

Hah ...

Hah ...

Es hat sich unglaublich gut ange- fühlt ...

ZUCK

Was meinst du?

...?

Du bist gekommen, oder?

?

War es das erste Mal?

Es hat sich so gut für dich an- gefühlt, dass du deinen Höhepunkt erreicht hast.

ZITTER ZITTER

Hast du es dir noch nie selbst gemacht?

Hah ...

Hah ...

Zitter

Zitter

Uwaaah!

Hä?

Natsuki gibt ihr absichtlich möglichst schwere Aufgaben.

Natsukiii!

Achtung!
Die Bonusgeschichte findet ihr diesmal an anderer Stelle. Sie soll nämlich dazu dienen, einen Eindruck von der Geschichte zu bekommen, ohne den ganzen Band lesen zu müssen.

3.
KAPITEL

Momo ist wirklich süß ...

... wenn sie so strahlt.

Schreck

Natsuki ...?

KEUCH

WEGZIEH

Mist.

KEUCH

Alles wird gut, Momo.

Wie soll denn eine elegante Lady aus dir werden ...

... wenn du so viel weinst?

Wollen wir dann Tee trinken?

Ich hab mich beruhigt.

AUFRICHT

!!

Du hast recht!

Ich will sie selbst zum Weinen bringen ...

DRÜCK

... hat sich etwas tief in mir gerührt.

... ohne dass sie mich am Ende hasst?

Aber wie kann ich das anstellen ...

HM

GRÜBEL GRÜBEL

Mit meinen schmutzigen Gedanken dürfte ich gar nicht in ihrer Nähe sein.

Ei ei ei ... Woran denke ich da wieder?

Wer weiß, was ich ihr eines Tages antue.

SCHÜTTEL SCHÜTTEL

Nicht gut ...

Das kann ich nicht tun.

Ich muss Distanz zu ihr aufbauen ...

... damit ich ihr nichts antue.

Demnächst.

Ähm, Natsuki ...

...

Wann können wir mal wieder reden?

Bisher haben wir doch fast täglich miteinander Tee getrunken.

Stimmt irgendwas nicht?

Das hast du neulich auch gesagt ...

Verstehe ...

Tut mir leid, ich bin derzeit etwas beschäftigt.

Ent-
schuldi-
ge ...

Nicht,
dass eine
Narbe zu-
rückbleibt.

Wir
müssen
dich sofort
verarzten!

Tropf

Schreck

PACK

Lächel

Aber ...

Wie
kann es
sein ...

... kümmert
es mich
nicht.

... wenn
die Narbe
von dir
ist ...

Wie hast du das denn gebacken?

Das schmeckt hervorragend!

Großartig, Momo!

Freu Freu

POCH

Manchmal trinken die zwei auch draußen im Garten Tee.

Macarons

Momo backt oft etwas für Natsuki, das wunderbar zu Tee passt.

Natsu-kiii!

Quiche

Pinchos

Canapés

Montblanc-Tarte

Chiffon-Kuchen

Was Momo aber selbst gebacken hat, lässt Natsuki sich liebend gern schmecken.

Wenn Natsuki Süßes von seinem Butler bekommt, lässt er es normalerweise Momo essen.

Süüüüß!

4.
KAPITEL

In letzter Zeit ...

... bin ich sehr müde, nach-
dem ich mit Natsuki ...

... gelernt habe.

Heb

streich

...!

So, wie es jetzt ist, bin ich zufrieden!

Nicht wirklich ....

Kann ich dir etwas Gutes tun?

Okay!

Vielen Dank!

Du musst mich nicht rausbringen.

Renn

He he!

Hi hi hi!

Verstehe.

Friede, Freude, Eierkuchen

Batamm

Also dann ...

Dann ...

... lasse ich dich für heute mal in Ruhe.

DT DT

SCHWANK

SCHWANK

Plumps

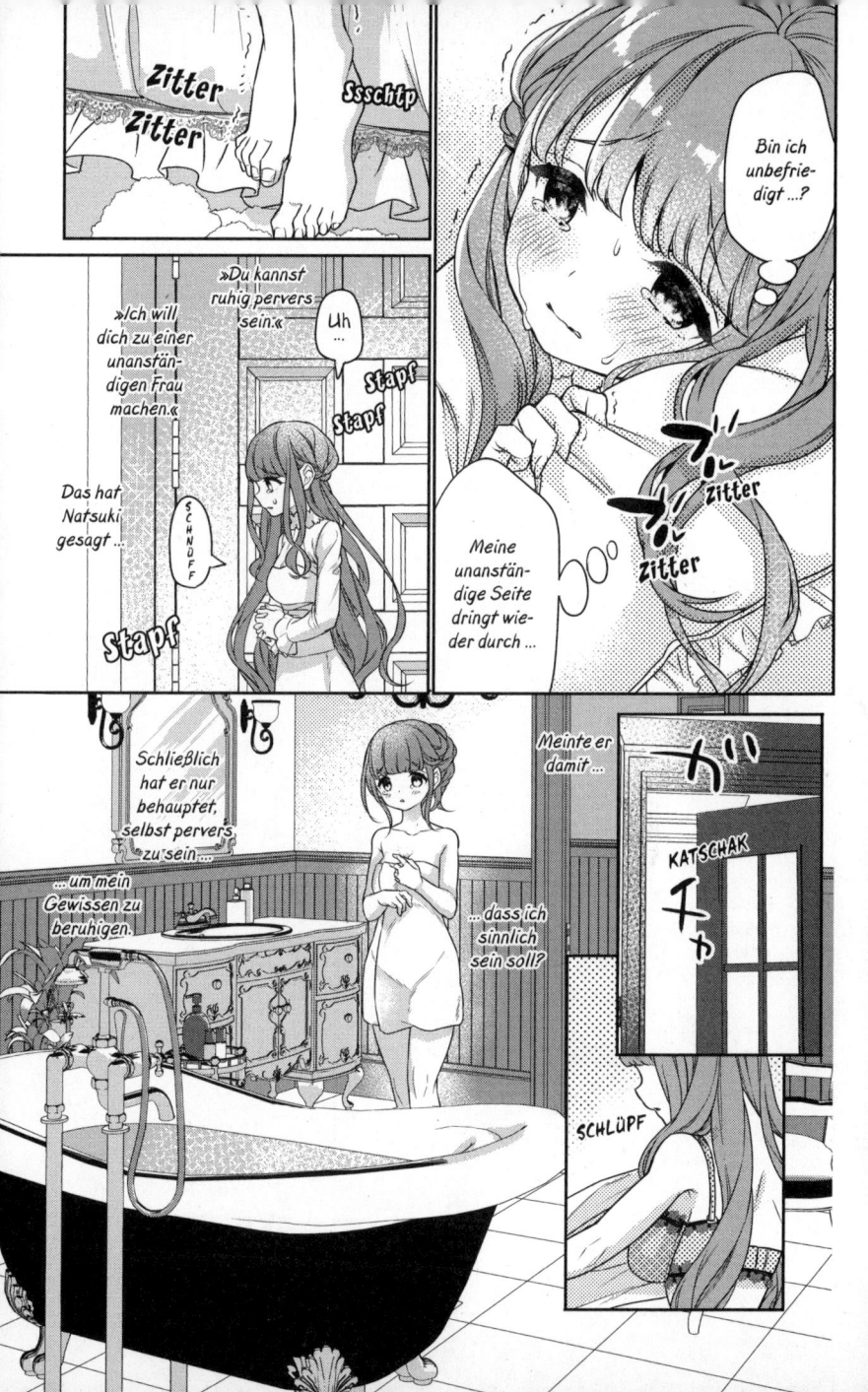

... und »niveaulos« zieht ...

Ich weiß nicht, wo er die Grenze zwischen »sexy« ...

Ich werd es einfach herausfinden müssen!

BLUBB

BLUBB
BLUBB

Natsuki tendiert dazu, nicht offen zu sagen, dass er jemanden nicht mag ...

... und einfach den Kontakt zu demjenigen abzubrechen.

Wo ist der Unter-schied?

An der Uni ...

Das ist Natsukis Labor.

Jetzt bin ich hier ...

Schleich

Das macht mir Angst.

Ich darf so etwas nicht mehr träumen!

Alles ist gut.

DÖS

DÖS

SCHWANK

Nanu.

Heute hast du wieder kaum Fehler gemacht. Sehr gut!

SCHRECK

Momo?

Tut mir leid!

ZZZ

ZZZ

...

Es ist einfach zu süß, wie sie daliegt ...

Es war kein Schlafmittel ...

... und schläft.

... nur ein einfacher Beruhigungstee.

Also dann ...

Zieh

QUIETSCH

Aber er hat gut gewirkt.

He he.

Und manchmal ...

... wenn er mich genau zwischen meinen Beinen geküsst hat ...

... hat es sich besonders gut angefühlt.

SSSCH

Wie gut es sich wohl in echt anfühlen würde ...?

ZUCK

...?!

ZAPPEL

ZAPPEL

ZAPPEL

Ah ...

Aber dazwischen ... wird er mich nicht küssen.

Zitter

TRÄN

Zitter

Aaah!

KISS

Ah ...

Natürlich nicht.

An so einer Stelle küsst er mich nur im Traum.

～3～Trän...

KLAPP
＜τ--

Ist das wieder ein Traum ...?

Wie süß ...

Auch in dieser Nacht ...

Aber ich muss dafür sorgen ...

... dass du deine Wünsche deutlicher äußerst.

... hatte ich einen unan-ständigen Traum.

DIE WERTE LADY LÄSST SICH GERN ... BAND 1 – ENDE

Mit ein paar Dornen komm ich schon klar ...

Du übertreibst immer so!

Erröt

Natsuki...

Meinst du?

Poch

Poch

Seit wir Kinder waren ...

STREICH

Tut mir leid.

So war ich eben schon immer.

... berührt wie Seide.

so vorsichtig und sanft ...

... hat Natsuki mich schon immer ...

Gut, dass wir ein paar davon in deinem Zimmer unterbringen können.

... dass wir gar nicht alle aufstellen konnten.

Meine Mutter hat so viele davon bekommen ...

STARR

Vielen Dank ...

Ich bin so in ihn verliebt!

ERRÖT

Er ist so elegant und männlich.

Das freut auch die Rosen.

Natsuki ...

Wie sanft Natsuki ...

... seine Freundin wohl berühren würde?

... sondern als Liebhaber berühren will!

... die er irgendwann nicht mehr nur als Freund ...

Ich will zu einer eleganten Frau werden ...

Wie hübsch!

!

Fertig, Momo!

PATSCH

Ah!

PATSCH

Ah!

PATSCH

Aaah!

Das hatte ich mich schon immer gefragt.

... mir gefällt?

... obwohl er genau weiß, dass es ...

ZITTER

ZITTER

Erröt

Tut mir leid ...

Außerdem ...

Warum versohlt er mir jetzt trotzdem wieder den Po?

... dass es keine Strafe wäre, wenn es sich gut anfühlt.

... meinte er vorhin ...

Warum fragt er nach ...

Bitte verzeih mir ...

War das schon alles für heute?

Setz dich hin und dreh deinen Po zu mir.

Was ...?

Hah...

Hah...

Entschuldige.

Dann beenden wir das.

KLAMMER

Schieb

KLAMMER

Sonst bestraft er mich viel länger ...

Wir sollten die Stelle gut kühlen, damit es keinen blauen Fleck gibt.

Warum ...?

Aber ...?

KLAMMER ...

Klammer
SSS!!

Nein!

Geh noch nicht!

QUIETSCH
FI!!

!!

Gut, jetzt müsste er auch abgekühlt sein.

Dann sollte ich so langsam gehen.

Bitte, Natsuki!

Bitte berühre meinen Körper noch ein bisschen!

Na schön.

ERRÖT

Schreck

Oh ...

WISCH

Wie peinlich

Er berührt mich ganz sanft ...

So wie früher.

Zitter

Zitter

Das mag ich auch ...

... aber ...

Ich will, dass du mich fester berührst.

TRÄN

TRÄN

Natsu-ki ...

...

Das ist schön ...

So?

Fester?

TÄTSCHEL

WISCH

Meinen Po ...

N...

Nein ...

Sink

Aber ...

Offenbar bin nur ich vulgär geworden ...

Hah ...

TRÄN

SCHNÜFF

Uh ...

Hah ...

Hah ...

Uwah!

Patsch

Wie viel schlimmer es wohl noch wird ...?

Autorenkommentar

Monaka Morinaka

Ich freue mich sehr, dass ihr
diesen Band in die Hand genommen habt.
Zu gern hätte ich Natsuki in einer Szene
vollkommen nackt gezeichnet, aber irgendwie hat es sich nie ergeben. Ich war selbst
davon enttäuscht. Aber ich bin selbst schuld,
schließlich gefallen mir Szenen, in denen
sich nur die Frau ausziehen und Scham
empfinden muss. Im Prinzip finde ich es
also gut, wenn er sich nicht auszieht.
Allerdings würde ich ihn trotzdem gern
einmal nackt zeichnen.

Die werte *Lady* lässt sich gern
den *Hintern* versohlen

TOKYOPOP GmbH
Hamburg

TOKYOPOP
2. Auflage, 2024
Deutsche Ausgabe/German Edition
© TOKYOPOP GmbH, Hamburg 2022
Aus dem Japanischen von Christopher Derbort

OJOSAMA WA OSHIOKI GA SUKI Vol. 1 by Monaka MORINAKA
©2019 Monaka MORINAKA
All rights reserved.
Original Japanese edition published by SHOGAKUKAN.
German translation rights in Germany, Austria, Liechtenstein
and German speaking areas in Switzerland, Belgium,
Italy and Luxembourg arranged with SHOGAKUKAN
through VME PLB SAS.
Original cover design: Ayako KANAI (musicagographics)

Redaktion: Sabine Scholz
Lettering: Vibrant Publishing Studio
Herstellung: Alina Kronenberg
Druck und buchbinderische Verarbeitung:
CPI – Clausen & Bosse GmbH, Leck
Printed in Germany

 Wir achten auf die Umwelt.
Dieses Produkt besteht aus FSC®-zertifizierten
und anderen kontrollierten Materialien.

ISBN 978-3-8420-7412-5

www.tokyopop.de

Du bekommst von uns nie genug?

Entdecke tokyopop.de und shoppe die neusten Manga-Hits direkt bei uns.

I♥SHOJO
少女漫画が大好き

News   Vorschau   <u>ShoCo Cards</u>   My Shojo Moments   Community ˅   About   Shop   ☆ VIP-Bereich ☆

ShoCo Cards

ShoCo Card steht für SHOJO Collectors Card.

Seit April 2014 erscheint jeden Monat ein neuer SHOJO Top-Titel, dem in der Erstauflage eine ShoCo Card zum Sammeln beiliegt. Außerdem erscheinen zwischendurch auch ganz spezielle ShoCo Cards – wie zum Beispiel die Halloween ShoCo Card im Halloween Pack von *Scary Lessons*!

Die Vorderseite ziert eine hübsche Illustration zum jeweiligen Manga und auf der Rückseite findest du einen Steckbrief und Infos zu der entsprechenden Mangaka.

Auf dieser Seite erfährst du, in welchen Manga die begehrten **ShoCo Cards** beiliegen und in welchem Monat sie erscheinen. Aber beeil dich, wenn du alle Karten sammeln möchtest: Nur in der Erstauflage sind die Karten enthalten!

Alle   ShoCo Cards

Januar 2021: Check Me Up!, Band 01   Dezember 2020: Die Geschichte vom Untergang unserer Liebe, Band 01   November 2020: Lovesick Ellie, Band 03

Oktober 2020: Verliebt in die Nacht, Band 01   November 2020: Ein Kuss reinen Herzens, Band 01   Oktober 2020: ... thing bad with ...

Seite durchsuchen...   LOS

✉ **Kontakt**

Du erreichst uns jederzeit unter:
iloveshojo@tokyopop.de.

📷 **Instagram**

Mehr laden...

Neue Fragen aus der Community

Interviews, Fanart, ShoCo Card Übersicht und noch vieles mehr erwarten euch!

Folge uns auch auf
f www.facebook.com/iloveshojo
📷 tokyopop_iloveshojo
🐦 iloveshojo@tokyopop.de

Drei hübsche Schuber mit Wechselcover!

Die i♥Kayoru Box 3 enthält:
Die Blüte der ersten Liebe
Zusammen mit Dir
Leuchtend wie Yukis Liebe

Entdecke jetzt die Einzelbände von Kayoru!

Die i♥Kayoru Box 1 enthält:
Du + Ich = Wir
Ich hab dich stets geliebt
Blutige Liebe

Die i♥Kayoru Box 2 enthält:
Ballerina Star
Eine reizende Braut
Verrückt nach Erdbeere

Austauschbare Inlays!
Gestalte die Schuber, wie sie dir am besten gefallen!

SIRUPSÜSSE SÜNDE

Kayoru

Nur eine Wette oder doch die wahre Liebe?

Kaede ist ein Playboy, wie er im Buche steht! Da er ständig auf der Suche nach neuen Abenteuern ist, wetten seine Kumpel, dass er es nicht schafft, Tsukiko ins Bett zu kriegen – ihre 27-jährige Englischlehrerin! Diese ist immerzu bemüht, die perfekte Frau zu verkörpern, doch in Wahrheit ist sie eine totale Chaotin und trinkt gern ein Glas zu viel. Ob Kaede ihre schlechten Angewohnheiten ausnutzen wird, um sie ins Bett zu kriegen?

SEXY SHORT STORIES
Ai Hibiki

»Ich wusste gar nicht, dass du so sexy bist!!«

Aki ist schon seit Langem in ihren Kindheitsfreund Hayato verliebt. Plötzlich bietet sich für sie die Möglichkeit, in seinem neuen Filmprojekt die Hauptrolle zu übernehmen. Es handelt sich allerdings um einen erotischen Kurzfilm! Ist das endlich die Gelegenheit, sich Hayato von einer anderen Seite zu zeigen und ihn womöglich zu verführen? Fünf süße, erotische Kurzgeschichten über die Liebe, Lust und Leidenschaft aus der Feder von *Dein Verlangen gehört mir*-Autorin Ai Hibiki!

www.tokyopop.de

UNWIDERSTEHLICHER S

Ai Hibiki

Ich werde eine vorzügliche Liebhaberin!

Da ihr Vater hoch verschuldet und die Mutter sehr krank ist, beschließt Miku ihre Familie aus der finanziellen Notlage zu befreien. Sie will sich einem reichen Verwandten als Mätresse anbieten, wird jedoch bereits an den Toren des Anwesens vom Butler abgewiesen, da sie zu unerfahren sei. Was Miku an Kenntnissen in Sachen Liebe fehlt, gleicht sie jedoch mit Hartnäckigkeit aus. Und so muss sie sich ausgerechnet von dem gut aussehenden Butler Sogo »Liebesunterricht« erteilen lassen, um die Position der Liebhaberin zu ergattern ...!

www.tokyopop.de

KÜSS MICH RICHTIG, MY LADY.

Kayoru

Liebe, Luxus, Leidenschaft

Nene weiß, was sie will, und sie bekommt, was sie will. Vor allem von Sakuma, ihrem persönlichen Butler. Schon als Nene ein kleines Mädchen war, las er ihr jeden Wunsch von den Augen ab. Auf die Erfüllung eines bestimmten Wunsches wartet Nene jedoch vergeblich: eine romantische Liebeserklärung. Als Nenes Vater plötzlich mit einem Verlobten für sie vor der Tür steht, fasst sie einen Entschluss: Wenn sie jetzt schon die Rolle einer Ehefrau ausfüllen soll, dann bitte vorbereitet! Und kein anderer als Sakuma soll sie dabei anleiten ...

www.tokyopop.de

LIEBE KENNT KEINE DEADLINE!

VERRÜCKT NACH EINEM MANGAKA

Kayoru

Verführerisch-freche Highschool-Lovestory à la Kayoru!

Ichika, hübsche Tochter aus reichem Hause, scheint das Sinnbild der perfekten Schülerin zu sein. Was jedoch kaum jemand weiß: Sie ist ein leidenschaftlicher Otaku und gibt sich in ihren Tagträumen schönen Mangahelden hin. In die Realität holt sie der Rowdy Subaru zurück, der sie nach einem Streit plötzlich verschleppt und sich kurz darauf als ihr Lieblingsmangaka vorstellt ...!

www.tokyopop.de

DEINE TEUFLISCHEN KÜSSE

Kayoru

Teuflisch-süße Highschool-Lovestory à la Kayoru!

Als Mokas Vater seinen Job verliert und die ganze Familie plötzlich kein Dach mehr über dem Kopf hat, kommen sie dank Mokas Klassenlehrer Herrn Onimiya, Spross einer reichen Unternehmerfamilie, an eine günstige Wohnung. Auf Geheiß ihrer Verwandten soll Moka allerdings bei ihrem Lehrer wohnen – in der Hoffnung, dass sie sich verlieben und später heiraten. Doch der geliebte Lehrer ist in Wirklichkeit ein Teufel, der sie bei jeder Gelegenheit schikaniert ...

NACH DER SCHULE: LIEBE

Kayoru

Erotische Highschool-Lovestory à la Kayoru!

Weil Schülerin Komachi ein nettes Äußeres hat, wird sie auf Wunsch der Eltern mit dem zuvorkommenden und gut aussehenden Schülerratspräsidenten Sakuya verlobt, für den sie schon so lange schwärmt. Überglücklich sieht sie dem gemeinsamen Zusammenleben entgegen, doch schon am ersten Abend zeigt Sakuya sein zweites Gesicht und macht mit ihr, was er will. So hatte sich Komachi das alles nicht vorgestellt ...

www.tokyopop.de

BITE MAKER

Miwako Sugiyama

Der erste Shojo-Manga im Omegaverse!

Mit den Genen eines Alphas und einzigartigen Fähigkeiten ausgestattet, liegt dem smarten Nobunaga das Tokyo der Zukunft zu Füßen. Ein Los, das nur einer von 100.000 Menschen zieht! Obwohl er scheinbar alles haben kann, verzehren sich sein Körper und Geist nur nach einer Person: einer Omega. Auch das Leben der hübschen Noel wird von der Sehnsucht geprägt. Wie gern würde sie ein ruhiges Dasein als Beta führen. Als sie jedoch per Zufall auf Nobunaga trifft, begreift sie, wie sehr ihre Gene ihr Schicksal bestimmen ...

www.tokyopop.de

DEIN VERLANGEN GEHÖRT MIR
Ai Hibiki

Nichts als Sex im Kopf!

Frauenheld Mahiro und Musterschülerin Rei leben durch die Heirat ihrer Eltern ab sofort unter einem Dach! Da Mahiro hobbymäßig in jeder freien Minute mit Mädchen zusammen ist, zieht er sich den Zorn von Rei zu, die ihn deswegen offen kritisiert. Dafür will er sich rächen, doch damit nimmt das Unheil seinen Lauf, denn jetzt lässt Rei ihm keine ruhige Minute mehr ...!

www.tokyopop.de

DO SOMETHING BAD WITH ME
Haru Aoi

My Bucket List of Love

Wer Hilfe benötigt, ist bei Musterschülerin Towako bestens
aufgehoben, denn sie ist freundlich, ordentlich und hilfsbereit.
Vorausgesetzt man ist ein Mädchen, denn Towakos Hass auf
Jungs ist schulbekannt! Gerade frisch an der Highschool, lernt
auch der hübsche Yui ihre kühle Art kennen. Als ihm Towakos
Notizen in die Hände fallen, erfährt er ihr Geheimnis: Nur zu gern
würde sie mit einem Jungen unanständige Sachen machen …

www.tokyopop.de

CHECK ME UP!
Maki Enjoji

Diagnose? Liebe!

Als Nanase gemeinsam mit dem jungen Arzt Dr. Tendo das Leben einer alten Dame rettet, ist es um sie geschehen: Diesen attraktiven Helden muss sie wiedersehen! Sie schlägt die Laufbahn der Krankenschwester ein und landet sogar in derselben Klinik wie Dr. Tendo! Doch die Begegnung verläuft anders als gedacht. Statt auf einen charmanten Arzt trifft sie auf einen dämonischen Mediziner, dem die Kollegen wegen seiner ruppigen Art aus dem Weg gehen. Nanase lässt sich jedoch nicht einschüchtern und bietet ihm mit frechen Sprüchen die Stirn!

HAPPY MARRIAGE?!
Maki Enjoji

Die Erfolgsserie als Sammelband-Edition!

Um die Schulden ihrer Familie zurückzahlen zu können, jobbt die Büroangestellte Chiwa nebenher als Hostess. Ihre Erfahrungen mit Männern tendieren allerdings gegen null. Als ihr Firmenchef Hokuto eines Tages vorschlägt, ihn im Austausch für die Übernahme der Schulden zu heiraten, stimmt Chiwa wohl oder übel zu. Die Ehe soll geheim bleiben, und eigentlich will Chiwa sich auch bald wieder scheiden lassen, doch da lernt sie seine netten und zärtlichen Seiten kennen ...

www.tokyopop.de

STOPP!

**Dies ist die letzte Seite des Buches!
Du willst dir doch nicht den Spaß verderben
und das Ende zuerst lesen, oder?**

Um die Geschichte unverfälscht und original-
getreu mitverfolgen zu können, musst du es
wie die Japaner machen und von rechts nach
links lesen. Deshalb schnell das Buch um-
drehen und loslegen!

So geht's:

Wenn dies das erste Mal sein
sollte, dass du einen Manga
in den Händen hältst, kann dir
die Grafik helfen, dich zurecht-
zufinden: Fang einfach oben
rechts an zu lesen und arbeite
dich nach unten links vor.
Viel Spaß dabei wünscht dir
TOKYOPOP®!